texte
CLAUDIA LAROCHELLE

illustrations
MAÏRA CHIODI

la doudou
qui aimait trop
le chocolat

x

LES ÉDITIONS DE LA
BAGNOLE

Une société de Québecor Média
leseditionsdelabagnole.com

Catalogage avant publication de Bibliothèque et Archives
nationales du Québec et Bibliothèque et Archives Canada

Larochelle, Claudia, 1978-, auteur
La doudou qui aimait trop le chocolat / Claudia Larochelle ;
illustrations, Maira Chiodi.
Public cible : Pour enfants de 3 ans et plus.
ISBN 978-2-89714-302-2
I. Chiodi, Maira, illustrateur. II. Titre.
PS8623.A761D68 2018   jC843'.6   C2018-940306-3
PS9623.A761D68 2018

GROUPE VILLE-MARIE LITTÉRATURE
Vice-président à l'édition
Martin Balthazar

DIRECTION LITTÉRAIRE ET ARTISTIQUE
Lucie Papineau

GRAPHISME
Chantal Boyer

RÉVISION LINGUISTIQUE
Michel Therrien

LES ÉDITIONS DE LA BAGNOLE
Groupe Ville-Marie Littérature inc.
Une société de Québecor Média
1055, boulevard René-Lévesque Est,
bureau 300
Montréal (Québec) H2L 4S5
Tél. : 514 523-7993
Téléc. : 514 282-7530
Courriel : info@leseditionsdelabagnole.com
leseditionsdelabagnole.com

© Les Éditions de la Bagnole, 2018
Tous droits réservés pour tous pays
ISBN 978-2-89714-302-2
Dépôt légal : 2e trimestre 2018
Bibliothèque et Archives nationales du Québec
Bibliothèque et Archives Canada

Les Éditions de la Bagnole bénéficient du soutien de la Société de
développement des entreprises culturelles du Québec (SODEC)
pour leur programme d'édition.
Gouvernement du Québec – Programme de crédit d'impôt pour
l'édition de livres – Gestion SODEC
Nous remercions le Conseil des arts du Canada de l'aide accor-
dée à notre programme de publication.

Financé par le
gouvernement
du Canada | Canadä

Imprimé au Canada

CLAUDIA LAROCHELLE ET MAIRA CHIODI
AUX ÉDITIONS DE LA BAGNOLE
La doudou qui ne sentait pas bon
La doudou qui avait peur des dinosaures

MAIRA CHIODI AUX ÉDITIONS DE LA BAGNOLE
Pépins de citrouille ! (texte de Fabienne Gagnon)

DISTRIBUTION EN AMÉRIQUE DU NORD
Canada et États-Unis :
Messageries ADP inc.*
2315, rue de la Province
Longueuil (Québec) J4G 1G4
Pour les commandes : 450 640-1237
messageries-adp.com
* Filiale du Groupe Sogides inc. ;
Filiale de Québecor Média inc.

La Bagnole est sur Facebook !
Suivez-nous pour être informés des activités
et des nouvelles parutions.
Facebook.com/leseditionsdelabagnole

TIFANNY
(cadeau de Madame Line)

À Maélie, ma nièce-filleule championne de soccer
et dévoreuse de chocolat
Claudia

À l'amour, à Pedro
Maira

Jeanne est inquiète. Sa doudou n'est pas en forme.
Son splendide teint de peluche rosé est même devenu
verdâtre. Pauvre petite doudou ! Que lui arrive-t-il ?

Jeanne décide de sortir sa trousse de médecin pour examiner son amie et trouver la cause de ses ennuis.

Aurait-elle avalé une petite chaussette puante lors de son dernier tour de laveuse?

Aurait-elle attrapé
le virus de la gastro?

Fait-elle semblant d'être malade
pour recevoir plus de câlins?

A-t-elle été incommodée
par l'horrible odeur de cuisson
de la tarte aux champignons?

HUMMMMMMMM

Pendant que la doudou reçoit des massages au bedon, un grand cri retentit chez la voisine.

– Au voleur ! Quelqu'un a dévalisé ma boutique de chocolat ! hurle madame Lenoir, la propriétaire de la chocolaterie du quartier.

Jeanne et sa maman accourent constater les dégâts. En effet, un canard, une grenouille et une fusée en chocolat ont disparu des tablettes du joli commerce.

Même trois chatons en chocolat blanc,
la friandise que Jeanne aime tant,
ne sont plus derrière la vitrine.

Excellente détective, Jeanne remarque au sol des traces de pas chocolatées. Peut-être qu'en les suivant elle réussira à trouver le gourmand voleur?

Oh ! Les traces de pas se dirigent vers sa propre maison ! Puis vers sa propre chambre ! Une autre piste, qui semble plus fraîche, la mène jusqu'à son armoire. La porte est recouverte de marques de doigts !

En l'ouvrant, la jeune détective découvre le pot aux roses… euh… aux chocolats !

– Saperlidoudoune ! C'est pour ça que tu étais verte ! s'écrie Jeanne en apercevant sa doudou…

Celle-ci n'est plus du tout verte, mais plutôt rouge de gêne. Pourtant, la doudou affirme :
– Ce n'est pas moi ! Je n'ai rien fait du tout !

Le suspense a assez duré. Le papa de Jeanne décide de faire passer un examen d'empreintes à toute la famille.

Tadam ! Personne n'est surpris de constater que seules celles de la doudou correspondent parfaitement aux traces laissées par le mystérieux voleur...

Honteuse, la coupable se cache sous le lit. Elle a menti, car elle a très peur de ce que pourrait faire la chocolatière pour la punir.

S'en servir comme guenille pour laver les comptoirs…

La vendre à bas prix à des enfants très, très tannants…

La transformer en jouet pour Marcel son chihuahua…

– Je comprends que tu puisses avoir peur de te faire chicaner, explique Jeanne à sa doudou. Mais tout ira bien. Madame Lenoir saura te pardonner si tu lui dis la vérité. Et après, tu te sentiras soulagée.

– D'accord, dit la doudou entre deux sanglots.

Après avoir dit la vérité à madame Lenoir,
la doudou lui offre un beau portrait du
chien Marcel, qu'elle a elle-même dessiné.
La marchande de chocolat lui dit
en souriant :
– Tu sais, je te comprends d'aimer autant
le chocolat ! Mais la prochaine fois,
demande-moi la permission avant de venir
en cachette piger dans mes réserves.

Soudain, la gentille chocolatière a une idée.
– Accepterais-tu de cuisiner une doudou en chocolat avec moi?

La doudou saute de joie. Elle promet
de ne pas la dévorer tout de suite ! Et
aussi d'en faire cadeau à sa Jeanne,
à qui elle ne veut plus jamais mentir.

Quand Jeanne aperçoit la drôle
de doudou en chocolat, elle est trop
contente. Elle se découvre même
une faim de loup… euh, de doudou!
Elle remercie son amie et lui dit:
– Aimerais-tu que je la partage avec
toi, maintenant que tu es guérie?

Les yeux très grands et très ronds, la
gloutonne doudou s'efforce de savourer
chacune des bouchées avec modération…

... ou presque !